RAPPORT

FAIT POUR JUGER LES HOMMES EN FAVEUR DES FEMMES.

LES Exemplaires exigés par le Décret du 5 Février 1810 ont été déposés.

RAPPORT

FAIT pour juger les Hommes en faveur des Femmes,

ET pour les venger de toutes les impertinences que plusieurs Auteurs satiriques, tant anciens que modernes, ont eu la témérité de lancer contre elles inconsidérément;

AVEC deux Conversations rapportées en grands vers et une Conclusion contre Boileau.

PAR BARDOUX.

Quand' anche le donne fossero angeli
Sarebbero forse chiamate diavoli.

A LYON,

De l'Imprimerie de J. B. KINDELEM, rue de l'Archevêché, n.° 37.

1811.

CONVERSATION

INATTENDUE

AVANT L'IMPRESSION DU RAPPORT.

A l'ombre d'un buisson, bien près d'une fontaine,
Je lisais doucement les vers de La Fontaine,
Quand un petit vieillard vint pour boire de l'eau,
Et crut, en me voyant, que je lisais Boileau :
Dès qu'il eut assez bu : Bonjour, me dit cet homme,
Je crois que de Boileau vous en tenez un tome;
Lisez, lisez, Monsieur, l'esprit original
Qui veut nous comparer au stupide animal,
Dont le nom seul en soi, dit-il, dans la satire,
Peut suffire à celui qui se plaît à médire.
Défunt mon professeur me répétait souvent,
Mon cher, lisez-le bien, vous deviendrez savant.
J'obéis; mais bientôt cet auteur satirique,
Me fit passer chez nous pour un esprit caustique :
Je récitais ses vers avec goût et plaisir,
Et j'en apprenais cent au moins dans mon loisir;
Quand mon père une fois, ennuyé de m'entendre
Critiquer tout le monde à mon âge si tendre,
Me dit fort vivement : Veux-tu bien, polisson,
Ne pas nous étourdir par ta fade leçon ?
Que diable nous dis-tu, quel est le personnage
Qui veut ainsi t'apprendre à médire à ton âge ?
  Pardon, s'il vous plaît, dis-je, est-ce que je fais mal
En apprenant que l'homme est un sot animal,

Que la femme est aussi pire qu'une tigresse,
Qui difficilement ne devient pas drôlesse ?
Ce n'est pas moi, papa, qui parle de travers,
C'est le fameux Boileau qui composa ces vers :
Ce poète, connu dans toutes les écoles,
Nous dit tout uniment que les femmes sont folles ;
Que les hommes aussi n'ont pas plus de bon sens
Que tous les animaux qui paissent dans les champs :
Mon professeur le vante, en disant dans la classe,
Qu'il est le favori des neuf sœurs du Parnasse.
Qu'il le soit du démon, dit mon père en courroux,
Et ton régent aussi, s'il en est tant jaloux ;
Mais moi qui ne veux pas que Boileau t'étourdisse,
Qu'il t'apprenne à médire et toute sa malice,
Je t'ordonne à présent, et cela pour raison,
Que tu ne dises plus ses vers dans ma maison :
Il m'appela benêt ; et pour m'apprendre à vivre,
Il me frappa du poingt en m'arrachant le livre.
Depuis ce coup, Monsieur, qui troubla mon cerveau,
Je n'ai plus lu les vers du médisant Boileau :
Mais ce qui me surprend dans cette circonstance,
C'est de me souvenir de son irrévérence,
Et de son peu d'égard envers tant de beautés,
Dont les appas par nous sont toujours convoités.
Les femmes, suivant lui, j'ai honte de le dire,
Sont toutes sans vertu : voyez s'il sait médire ;
Et si par complaisance il en excepta trois,
Ce fut pour conserver l'honneur de trois bourgeois.
Peut-on bien soutenir un fi faux témoignage,
Et faire au plus beau sexe un si cruel outrage !

Ma foi, je ne sais pas si Boileau fut heureux,
Mais je crois qu'il était un bien froid amoureux.
Quelle raison, enfin, pouvait porter cet homme
A dire tant de mal de tous ceux qu'il assomme ?
Arrêtez, je lui dis., Boileau, non assassin,
A pu dire en passant quelques mots à dessein,
Non pas pour mal agir, comme vous me le dites;
Mais pour se récrier contre les hypocrites,
Contre les faux esprits qui jugent de travers,
Et contre tant d'auteurs qui font de mauvais vers:
Il désigne, il est vrai, les sots et les profanes,
Il les censure tous et les prend pour des ânes;
Voulant aussi prouver, sans haine contre nous,
Qu'on ne voit pas souvent la paix chez les époux.
Sur cela, je ne sais comment on ose dire
Que Boileau fut malin en voulant nous instruire,
Lui dont le bel esprit flatta Louis le Grand,
Et qui fut l'écrivain de ce vrai conquérant:
S'il eût été pervers, malgré tant de lumières,
Chacun l'aurait maudit en lui jetant des pierres.
J'ai bien lu cet auteur dont le style est fort beau,
Ses vers sur-tout sont bons; on doit chérir Boileau,
Et non le regarder comme un esprit caustique;
Ainsi, vous avez tort, je le crois véridique:
Voilà ce que j'en dis, et tel fut son penchant;
Mais je ne dirai pas que Boileau fut méchant.
Qu'entends-je, dit le vieux, en éclatant de rire,
Je présume déjà ce que vous allez dire:
Vous voulez soutenir que Boileau fut parfait,
Et moi, sans me fâcher, je vais nier le fait.
Quand on a le talent de savoir bien écrire,
Je crois qu'on ne doit pas l'employer à médire:

Qu'il faut, avec raison, s'en servir à propos,
Et jamais, comme lui, blesser par des propos.
Ce poète chagrin, qui censurait les autres,
Possédait des défauts qui surpassaient les nôtres;
Fatiguant par des mots l'auteur qui le choquait,
Et toujours dans ses vers méchamment l'indiquait:
Parlait-il à son roi dans une longue épître,
Ou bien dans un discours formant un seul chapitre,
Pour montrer son savoir dans l'art de bien rimer,
Il parlait de lui seul pour se faire estimer.
Que n'a-t-il pas écrit comme Horace ou Virgile?
Aujourd'hui les censeurs le laisseraient tranquille,
Personne de travers oserait en parler,
Et nul homme à coup sûr oserait le siffler;
Mais Boileau, je le sais, ne suivit pas leur route,
Il ne le voulut pas, et, comme je m'en doute,
Il aima mieux médire, en faisant toujours voir,
Que dans cet art méchant il avait du savoir.
Ce qu'il a fait de bon, et tout ce que j'estime,
C'est, par exemple, l'art de bien suivre la rime,
Quelques échantillons épars dans son lutrin;
Mais le tout, hors cela, ne vaut pas un quatrain
Fait par un bon poète, élève de Virgile,
Comme défunt Voltaire ou bien Jacques Delille;
Ou si vous le voulez, par Baptiste Rousseau:
Ainsi voyez, Monsieur, si je flatte Boileau.
A cela je lui dis, quand il parut se taire,
Que dites-vous, bon vieux, de l'esprit de Voltaire?
Ce que j'en dis, dit-il, en me fixant de près,
M'a souvent engagé dans différens procès;
Mais les temps ne sont plus, où l'extrême ignorance
Fatiguait fortement les écrivains en France:

Chacun, dans ces temps-là, devait se contenir,
Ou sinon l'injustice avait droit de punir.
Quiconque se moquait d'un être fanatique,
D'un superstitieux devenu frénétique,
Ou qui pour une affaire oubliait le sermon,
Etait sûr de passer pour enfant du démon.

Voltaire, comme on sait, n'eut jamais la faiblesse
De décrier la femme en l'appelant diablesse;
Et s'il a fait la guerre aux superstitieux,
Les Français à présent en valent beaucoup mieux:
Il a fait un grand bien par des écrits utiles,
En baffouant les mœurs des peuples imbécilles,
En frappant un peu fort la superstition,
Et les diseurs de riens sur la religion.
Croyez ce que je dis, Voltaire fut poète
Sage autant qu'il le faut, et fut assez honnête;
Mais néanmoins je crains, en vantant cet auteur,
Que je ne passe ici pour un adulateur,
Ou pour un indiscret qui veut flatter un homme
Qui devint l'ennemi du Pontife de Rome.
Voltaire, suivant moi, fait voir beaucoup d'esprit,
Mais je ne soutiens pas qu'il ait toujours bien dit:
Ainsi sur ce point-là, permettez que je dise
Que la raison me guide et qu'elle me maîtrise.
Je n'en veux qu'aux méchans, et sur-tout aux auteurs
Connus par leurs écrits pour être détracteurs,
A tous ces orgueilleux que la raison condamne
Et qui mettent enfin l'homme au-dessous de l'âne.

Si Boileau n'eût jamais fatigué son prochain,
S'il eût été courtois et beaucoup moins hautain,

S'il n'eût jamais cité par leur nom les personnes,
Ses satires peut-être auraient passé pour bonnes ;
Et s'il n'eût pas terni sa réputation,
Par son trop d'amour propre et d'indiscrétion,
Moi-même, je le dis, j'en aurais fait l'éloge.
Mais que peut-on offrir d'un auteur qui s'arroge
Le droit de censurer l'écrivain le moins fort,
Et qui ne veut pas l'être à son tour s'il a tort ?
Ce qui le rend vilain, et ce qui le diffame,
C'est de vouloir aussi déprécier la femme.
  Comme vous le traitez, vénérable vieillard,
Lui dis-je, en me levant et paraissant gaillard ;
Boileau n'est pas vilain aux yeux de tout le monde,
Je voudrais bien avoir sa science profonde,
Et pouvoir comme lui faire de si bons vers,
Pour les montrer par-tout dans ce vaste univers :
Bientôt l'on me verrait orner les librairies,
Après avoir passé dans les imprimeries ;
En fabriquant des vers, on peut gagner des prix
Que donne l'Empereur à tous les beaux esprits ;
Et parvenir enfin à la plus haute classe,
En ayant pour la vie une excellente place.
  Oui, me dit le vieillard, je sais que l'Empereur
Récompense très-bien le mérite et l'honneur,
Qu'il nous anime tous, fait revivre la France,
Et qu'il le veut ainsi pour chasser l'ignorance,
Qui depuis trop long-temps fut nuisible aux Français,
Qui, faute de raison, agissaient sans succès,
Ou qui, faute d'esprit, à la moindre querelle,
S'égorgeaient de sang froid pour une bagatelle.

Mais croyez-vous vraiment que si Boileau vivait
Le grand NAPOLÉON le récompenserait,
Pour nous montrer au doigt et dire que nous sommes
Plus sots que les dindons, comme étant tous des hommes ?
S'il est permis d'écrire à tous les écrivains,
Doivent-ils pour cela devenir fats et vains,
Soit en mortifiant un savant qui s'applique
A faire un opéra qu'il fait mettre en musique ;
Soit par le fol espoir d'avilir un auteur,
En le faisant passer pour un écornifleur ;
Ou soit par des écrits que la justice blâme,
Diffamer hautement et l'époux et la femme ?
Ainsi faisait Boileau que vous vantez si fort ;
Ainsi jugez-le mieux, vous verrez qu'il a tort.

La Fontaine a bien dit pour nous faire voir comme
Un sot plein de savoir est plus sot qu'un autre homme :
C'est une vérité qui fatigua Boileau.

Je comprends, dis-je au vieux, ce vers est assez beau ;
Mais La Fontaine enfin ne fit jamais la guerre
Aux auteurs de son temps comme faisait Voltaire.
Je comprends bien aussi que Despréaux eut tort
De maltraiter le faible en étant le plus fort,
De dire à haute voix, en blessant la justice,
Que les femmes avaient du diable la malice.
D'après votre rapport sur l'esprit de Boileau,
Je vois que cet auteur fut des bons le fléau,

Un critique mordant cherchant toujours chicane;
Et qui par vanité nous comparait à l'âne.
Je tâcherai, je dis, de le désapprouver,
De le faire mentir, en faisant observer
Qu'il fut bien moins poli que Monsieur de Voltaire,
Et qu'il ne fut jamais qu'un sot célibataire.
Bon ! me dit le vieillard, paraissant satisfait,
Je vois bien à présent que mon récit vous plaît,
Et que vous comprenez ce que je viens de dire;
Faites à votre tour détester la satire.
Vengez le sexe aimable en prose ou bien en vers,
Et n'appréhendez pas d'écraser les pervers;
Dites ouvertement des hommes tous les vices,
Montrez-leur avec art quels sont les grands services
Que la femme leur rend, quand ils sont vraiment bons,
Et qu'ils perdent toujours quand ils sont furibonds.
N'allez pas cependant vous mettre dans la tête
Qu'il faut dans vos écrits traiter l'homme de bête;
Gardez-vous bien, mon cher, d'en venir à ce point,
Et si Boileau l'a dit, ne le copiez point.
Dites, si vous voulez, que l'homme a des caprices,
Mettez devant ses yeux la noirceur de ses vices;
Faites-le convenir qu'il est toujours enclin
A faire ce que fait l'être le plus malin;
N'oubliez pas non plus de le blâmer sans rire,
Et de le censurer sur ce qu'il fait de pire;
Marquez exactement ses crimes, ses défauts,
Et prouvez en écrit qu'il est trompeur et faux.
Mais respectez toujours les hommes de mérite,
Vantez de bonne foi leur honnête conduite :

A propos vous pouvez, sans prodiguer l'encens,
Dire beaucoup de bien des hommes de bon sens.
Vous pouvez même aussi, je vous en crois capable,
Témoigner votre amour à l'homme incomparable;
Je veux dire, mon cher, qu'il faut avec honneur,
Imiter les savans pour louer l'Empereur,
Qui protége les arts tombés en décadence,
Mais qu'il fait relever depuis qu'il règne en France.
Si vous faites des vers, invoquez Apollon,
Pour parler noblement du grand Napoléon !
  Prévenez nos neveux des suites malheureuses
Que produisent toujours les promesses flatteuses
De cette liberté qui nous mit dans les fers,
Et qui nous fit souffrir les peines des enfers.
Dites-leur hardiment, sans craindre de trop dire,
Qu'ils seront tous heureux s'ils soutiennent l'empire
Fondé par la sagesse et par Napoléon,
Qui par grace de Dieu sauva la nation.
  Vous pouvez soutenir, sans être politique,
Que la France mourait en étant république,
Et que les révoltés sont tous des scélérats,
Qui finissent toujours par ruiner les états.
  Suivez bien les conseils qu'à présent je vous donne,
Faites-les tous valoir et n'épargnez personne :
Dussiez-vous écraser tous les êtres pervers,
Les braves gens, vous dis-je, approuveront vos vers :
On vous lira par-tout, et la race future
Vous en saura bon gré, c'est moi qui vous le jure.
Croyez que mes conseils feront ouvrir les yeux
Aux plus honnêtes gens, sur-tout les factieux.
Dites après cela beaucoup de bien des femmes,
Et faites-leur haïr celles qui sont infames;

Soyez pour elles juste et toujours gracieux,
Mais frappez vivement tous les malicieux;
Devenez fort sévère envers l'homme farouche,
Dites-lui pour son bien quelque chose qui touche;
Poussez loin le sujet qui prouve votre ardeur
A venger la raison et le sexe enchanteur;
Soutenez hardiment qu'un homme raisonnable
N'a jamais mal parlé d'une femme estimable,
Et que tous les auteurs semblables à Boileau,
Ne sont pas même bons pour qu'on les jette à l'eau.
Ce que je dis est vrai, vous pouvez l'attester.
J'entends, lui dis-je enfin, vous me faites noter
Vos observations, pour que je puisse écrire,
Que la femme n'est pas ce que Boileau veut dire.
Depuis près de six mois je médite un rapport
Pour prouver clairement qu'un satirique a tort
D'offenser par ses vers les dames respectables,
Et de nous les montrer comme des misérables.
Je comprends, je vous dis, qu'il faut en peu de mots
Confondre les méchans et réprimer les sots:
Et comme vous blâmez des auteurs l'arrogance,
Du critique Boileau l'audace et l'insolence,
Je m'en vais de ce pas mettre sur le papier
Ce curieux rapport tout prêt à copier;
Mais j'appréhende bien, d'après votre remarque,
De ne pouvoir assez louer un grand monarque:
Je suis bien faible encor pour remplir ce devoir;
Mais je crois qu'Apollon, par son divin pouvoir,
Animera mes sens et conduira ma plume,
Pour louer un héros bien mieux que de coutume.
En un mot je dirai, comme contemporain,
Que nous devons la vie à notre souverain;

Et malgré le dépit des hommes qu'on abhorre,
Et qui feraient du mal s'ils le pouvaient encore,
Mes vers affirmeront à la postérité
Que c'est lui qui fixa notre prospérité :
Que tout était perdu ; sans lui la belle France
Ne serait maintenant qu'un pays de souffrance,
Ou plutôt un pays abandonné de Dieu,
Comme autrefois le fut celui du peuple Hébreu.
Vous m'avez animé, votre discours m'enflamme ;
Quel grand plaisir pour moi de défendre la femme !
Je ne tarderai pas de prouver par écrit,
Que je n'ai rien perdu de tout ce qui s'est dit :
Et si vous le voulez, à la Saint-Jean prochaine,
Nous lirons mon rapport près de cette fontaine.
Je le veux bien, dit-il, en me disant bonsoir,
Je vais chez moi content. Adieu, jusqu'au revoir.

Représentation de l'auteur.

Je suis depuis long-temps ami de la sagesse,
Mais je ne soutiens pas d'être exempt de faiblesse;
Jaloux de copier les humains vertueux,
J'évite, comme ils font, les chemins dangereux:
Mon amour pour rimer me fait souvent écrire,
Et jamais ce talent ne me sert pour médire.
Je censure, il est vrai, le fameux Despréaux
Qui nous met au-dessous des plus sots animaux,
Les hommes dégradés de ce titre honorable
Par leurs faux jugemens sur le sexe adorable,
Et je gourmande enfin tout mortel égaré
Qui porte la noirceur jusqu'au plus haut degré;
Mais la raison le veut, la justice l'ordonne,
J'obéis à leur voix et n'épargne personne.

AVERTISSEMENT.

Je frappe sérieusement
Tous les hommes blâmables,
Pour défendre équitablement
Les femmes estimables ;
(1) *Ainsi ce rapport,*
Ne donnera tort
Qu'à ceux dignes de blâmes,
Qui par vanité
Ou malignité,
Mésestiment les dames.

Je frappe encore vivement
Les hommes condamnables,
Tous ceux qui sont exactement
Les plus déraisonnables :
Comme les auteurs,
Méchans brocardeurs,
Ou plutôt satiriques,
Qui se sont flétris
Par divers écrits,
Tout-à-fait diaboliques.

---

(1) J'avoue que malgré la stricte retenue qu'on doit avoir en versifiant pour ne pas employer les mots fran-

Je frappe enfin plus durement
Les hommes dont la rage
Les conduisait aveuglément
Au plus haut brigandage ;
Car l'iniquité
Et l'impiété ,
Faisait passer la France
Pour être le lieu
Où ni loi ni Dieu
N'avaient plus d'apparence.

Je souhaite de tout mon cœur ,
O ma chère patrie ,
Que par les soins de ton vainqueur
Tu sois sans brouillerie ;
Non pas pour un temps
De quatre mille ans ,
Mais pour bien davantage :
Jouis constamment
Du gouvernement
Rétabli par un sage !

çais, *ainsi, puisque, car, enfin, pourvu que, en effet, etc.* je n'ai pu me dispenser de m'en servir toutes les fois que ces conjonctions ne pouvaient être remplacées par d'autres mots qui pussent les équivaloir et convenir à la mesure du vers.

Non compris sont dans ce rapport
Les braves qu'on admire,
Et les hommes qui sont d'accord
Qu'on soutienne l'Empire ;
Encore tous ceux
Qui se voient heureux
Sous l'humble obéissance,
Et qui sont contens
De voir le bon temps
Renaître pour la France.

Peut-être qu'au premier abord
L'homme encore volage,
Va considérer ce rapport
Pour un méchant ouvrage ;
Cependant je crois,
Qu'il sera courtois
Envers le sexe aimable,
Dès qu'il aura lu
Ce que j'ai voulu
Dire de plus notable.

D'après cet avertissement ;
Donné suivant l'usage,
Pour qu'un auteur brièvement
Annonce son ouvrage ;
Je crois avoir dit
Aux hommes d'esprit,
Que ce rapport ne choque
Que les malfaisans
Et les médisans,
Sans aucune équivoque.

RAPPORT

FAIT POUR JUGER LES HOMMES EN FAVEUR DES FEMMES.

L'HOMME, d'après ce qu'on en dit,
Est un être admirable,
Doué de prudence et d'esprit,
Et toujours raisonnable;
Mais tous ses défauts,
Démontrent le faux
De cette flatterie :
Ainsi, c'est vouloir
Le faire valoir
Par une fourberie.

Il vaut mieux dire ouvertement,
L'homme a l'esprit bizarre,
Et le même est absolument
Prodigue ou bien avare;
Souvent emporté
Par méchanceté,
Ou par de sots caprices;
Voilà ce qui fait
Qu'il est imparfait,
En ayant d'autres vices.

La femme, par rapport à lui,
Est souvent malheureuse,
Elle supporte tout l'ennui
De son humeur fâcheuse;
Mais tel est son sort,
Il faut qu'elle ait tort,
Sans se trouver coupable :
Ce qui prouve assez,
A tous gens sensés,
Qu'elle est recommandable.

Un esprit dont l'intégrité
Repousse l'imposture,
Dira toujours la vérité
Dans toute conjoncture;
Aussi, c'est pourquoi,
Que de bonne foi,
Je dis les injustices
Que des hommes font,
Aux femmes qui sont,
Bien plus qu'eux bienfaitrices.

Voyons cependant l'homme au jour,
Et rendons-lui justice.
Quand il est épris par l'amour,
Il est sans artifice;
Doux, officieux,
Même gracieux,
Et paraît fort affable;
Mais en un instant,
Il est inconstant,
Tant il est variable.

L'homme soutiendra d'être exempt
De malice et de ruse,
Et traitera de médisant
Quiconque l'en accuse;
Parce que l'orgueil
Lui fait fermer l'œil
Sur toutes ses bassesses:
Mais, sous ce rapport,
Je dis qu'il a tort
De nier ses faiblesses.

Quand quelqu'un ne parle qu'en bien
De l'homme en sa présence,
Je ne saurais dire combien
Il a de jouissance;
Dès qu'il est flatté,
Il est transporté
De joie et d'alégresse:
Et croit seul avoir
Le rare savoir
Des sages de la Grèce.

Qui pourra croire bonnement
Un homme qui se flatte,
De vivre aussi modestement
Que le sage Socrate?
Ma foi le croira
Celui qui voudra
Passer pour un crédule;
Mais moi, sans gloser,
Je puis refuser
De croire un ridicule (1).

---

(1) Boileau, en parlant de lui-même dans sa dixième épître, dit:
Libre dans ses discours, mais pourtant toujours sage.

L'homme, si l'on en croit Boileau,
Est comparable à l'âne,
Lui-même en a fait un tableau
Que la raison condamne;
Aussi sans honneur,
Ce grand sermoneur,
A fait une satire,
Pour déprécier,
Et pour décrier,
Le sexe qu'il déchire.

Juvenal a dit fort crûment,
Comme étant satirique,
Qu'on ne trouvait pas aisément
Une femme angélique;
Chacun à la fois,
Dira je le crois,
Tant la chose est palpable;
Mais c'est une horreur
D'entendre un auteur
Nommer la femme un diable.

Juvenal, en esprit chagrin,
Citait des aventures,
Et salissait un vers latin
Pour dire des injures;
Ce bouillant auteur,
Fort déclamateur,
Dans la ville de Rome,
Mordait durement,
Sans ménagement,
La femme autant que l'homme.

Boileau, par des mots captieux,
Dont le sens le diffame,
Tâche d'abuser l'homme heureux
En outrageant la femme;
Mais tous ses propos,
Mis mal à propos
Dans la même satire,
Retombent en tout,
Sur celui sur-tout
Qui par trop veut médire.

Si quelque docte comme Arnauld
Voulait me contredire,
Bien loin d'être comme Perault,
Je brûlerais d'écrire;
Et je prouverais
Qu'on ne doit jamais
Insulter le beau sexe,
Soit verbalement,
Ou soit autrement,
Même quand il nous vexe.

L'homme ne doit pas offenser
Le sexe fait pour plaire,
Au contraire, il doit s'empresser
A toujours lui complaire;
La rusticité,
Et la dureté,
Divulguent le cynique:
Ainsi je démens
Les raisonnemens
De tout esprit caustique.

On ne voit plus guère aujourd'hui
Que de fieffés drôles,
Décrier la femme d'autrui
Par de vaines paroles;
Et de temps en temps
Quelques jeunes gens,
Sujets aux turpitudes,
Montrer sans détours,
Far leurs sots discours,
Qu'ils ont fait des études.

Voltaire, bien plus circonspect
Que Boileau que l'on vante,
Parle toujours avec respect
D'une femme charmante;
C'est ainsi que font
Les hommes qui sont
Honnêtes et louables:
Ainsi Despréaux,
Et tous ses égaux,
Ne sont-ils pas blamâbles?

Maris, repoussez les portraits
Que Boileau vous présente,
En vous citant les vilains traits
D'une femme impudente;
Et toute l'horreur
De celle en fureur,
Pire qu'une tigresse;
Qui chasse les gens,
Qui bat ses enfans,
Et puis qui vous caresse.

Maris, si vous croyez Boileau,
Vous tombez en démence,
Ou votre débile cerveau
Montre de l'ignorance;
Car apprenez tous
Que Boileau, jaloux
Du bonheur d'un bon père,
A dit avec fiel,
D'être sous le ciel
Un sot célibataire.

La femme doit être à l'abri
Des traits de la satire,
Dès qu'elle possède un mari
On n'a plus rien à dire;
Ainsi c'est en vain
Qu'un bon écrivain (1)
Se met à la torture,
Pour la mal juger,
Et pour l'outrager,
Sans raison ni droiture.

Pauvres hommes que seriez-vous
Dans le monde où vous êtes,
Ne deviendriez-vous pas plus fous,
Ou peut-être tous bêtes;
Si par contre-temps,
Dans le même temps,
Vos femmes si sensibles,
Changeaient leur douceur
En une fureur,
Et devenaient horribles.

(1) Je dis de Boileau ce qu'il mérite qu'on en dise; mais je n'applaudirai jamais ses satires.

Tout autre que moi, par des vers,
Pourrait prouver à l'homme
Qui se dit grand dans l'univers,
Qu'il n'est qu'un faible atôme;
Mais sans l'offenser,
Ni le rabaisser,
Ne peux-je pas lui dire:
Que lui seul est fait
Ponr être, en effet,
Le plan d'une satire.

Je voudrais, en frère chrétien,
Pour montrer que je l'aime,
Dire de l'homme autant de bien
Qu'il en dirait lui-même;
Mais pour l'applaudir,
Il faudrait mentir
Comme ceux qui le flattent:
J'aime beaucoup mieux
Mettre sous ses yeux
Les défauts qui le gâtent.

On dit, mais je ne le crois pas,
Que l'homme est susceptible
D'être juste jusqu'au trépas,
Et même incorruptible;
Cette assertion,
Sans objection,
Doit passer pour un songe:
Car qui le croira,
Et qui ne dira
Que c'est un gros mensonge.

Les amis de la vérité,
Nous font toujours paraître
Une extrême incrédulité
Sur ce qui ne peut être;
Ainsi je conclus
Que c'est un abus
De vouloir croire encore
A de faux rapports,
Qui flattent des morts
Que le vulgaire honore.

~~~~~~

Beaucoup d'hommes suivent des lois
Sans en savoir la cause,
Plusieurs d'entre eux croient quelquefois
A la métempsycose;
Les plus vicieux
Croient gagner les cieux
En damnant tous les autres,
Qui font peu de cas
Du galimatias
Pris pour des patenôtres.

~~~~~~

Plus l'homme vit dans ce bas lieu,
Plus il est réfractaire
A la volonté de son Dieu,
Qui lui dit en bon père:
Aime ton prochain
Et ton souverain,
Si tu veux que je t'aime!
Mais loin de vouloir
Remplir ce devoir,
Il n'aime que lui-même.

L'homme abuse ordinairement
De sa force majeure,
Et s'emporte facilement
Dans sa propre demeure;
Où comme un lion,
Sans comparaison,
Ose faire main basse :
Frappant quelquefois
Sa femme aux abois,
Qui lui demande grâce.

Cet homme-là dans sa fureur,
Que j'appelle une rage,
Est de sa maison la terreur,
Où tout lui porte ombrage;
Le regard affreux
De ce malheureux
Le rend abominable :
Et s'il se voyait,
Lui-même dirait
Qu'il est épouvantable.

Dans tout pays bien gouverné
La loi punit un être,
Qui pour avoir assassiné
A mérité de l'être;
Ainsi pourquoi pas,
Dans cet autre cas,
Châtier un homme infame,
Qui dans sa maison,
Sans avoir raison,
Martyrise sa femme.

Je suis le cours de mon rapport,
Dont l'exposé sincère
Prouvera que je n'ai point tort
D'être par fois sévère;
Malgré le plaisant,
Qui dit qu'à présent
Les hommes sont terribles,
Quand quelqu'un leur dit
Qu'ils ont peu d'esprit,
Et qu'ils sont tous faillibles.

Mais moi qui ne sais point flatter,
Je dis ce que je pense,
Dussent-ils tous s'en irriter
Pour en tirer vengeance;
Comme ce Romain (1),
La plume à la main,
Je ne les craindrai guère:
Malgré leur courroux,
Moi seul contre tous,
Je soutiendrai leur guerre.

N'aurai-je pas pour défenseur
Les braves gens en France,
Et du Parnasse les neuf sœurs,
Qui prendront ma défense?
Apollon viendra,
Et me soutiendra
Par les sons de sa lyre:
Tous mes ennemis
Deviendront soumis
A ce Dieu qui m'inspire.

(1) Horace.

Les plus méchans des animaux,
Dans le monde où nous sommes,
Ceux qui causent le plus de maux,
Ne sont-ce pas les hommes?
Car, en vérité,
La férocité
Du terrible Cerbère,
Ne peut exceller,
Pas même égaler,
Des hommes la colère.

Enfin, l'homme est cet animal
Dont parle l'écriture,
En l'accusant du plus grand mal
Qu'éprouve la nature;
Car chacun serait
Exempt de l'arrêt
Qui nous ôte la vie,
Si le père Adam
N'eût pas cru Satan
Par un peu trop d'envie.

J'entends l'homme que j'ai fâché
Qui dit dans sa colère,
Qu'Ève commit ce gros péché,
Et non le premier père;
Mais je répondrai,
Et je soutiendrai
Qu'Adam fut plus coupable:
Car la bible dit
Que Dieu le maudit
Dès qu'il fut condamnable.

Les hommes sont, depuis ce jour,
Des êtres misérables,
Qui passent chacun à leur tour
Dans les griffes des diables;
Qui, pour les avoir,
Les font tous mouvoir
Au gré de leurs caprices:
Fascinant leurs yeux,
Comme à leurs aïeux,
Les plongent dans les vices.

\~~~~~~~~~

N'allez pas, crédules humains,
Me parler de ces sages,
Que d'incroyables écrivains
Flattent dans leurs ouvrages;
Les temps sont passés,
Où les gens sensés
Etaient forcés de croire
Aux absurdités,
Comme aux faussetés
Qu'on leur faisait accroire.

\~~~~~~~~~

De plus chacun sait, comme moi,
Que l'homme le plus bête,
Ne dit jamais de bonne foi
Ce qu'il fait en cachette;
Encore bien moins
Devant des témoins
Tant soit peu redoutables:
Qu'il pense toujours,
Les nuits et les jours,
A tromper ses semblables.

A quel âge, demande-t-on,
L'homme est-il équitable,
Agissant suivant la raison,
Sans être variable ?
Sachant ce qu'il est,
Je répondrai net,
Trop souvent il s'entête,
Pour fixer un temps
Où le vrai bon sens
Conduit toujours sa tête.

~~~~~~~~~

Comment, dit un être orgueilleux,
Nos défauts sont les vôtres ;
Vous faites trop le pointilleux
Sur les fautes des autres ;
Plusieurs avant vous
Ont parlé de nous,
Et dit ce que nous sommes :
Critique rimeur,
Calmez votre humeur
Sur les vices des hommes.

~~~~~~~~~

Je riposte à cet être vain
Qui m'appelle critique,
Qu'un franc et loyal écrivain
Est toujours véridique ;
Mais pour l'apaiser,
Je vais courtiser
Ma muse favorite,
Qui m'excitera,
Et qui m'aidera
A louer le mérite.

Terpsichore à présent me dit :
Les braves qu'on admire,
Sont et seront sans contredit
Les soutiens de l'Empire ;
Parce qu'en tout temps
Les honnêtes gens
Détestent la malice,
Et se font honneur
D'être, avec ardeur,
Amis de la justice.

S'il fallait citer par leurs noms
Ces hommes admirables,
J'en nommerais des millions,
Qui sont tous estimables ;
Mais, sans les citer,
Je puis attester
Que la France a la gloire
D'avoir des héros,
Et des généraux,
Tous nés pour la victoire.

Si la France a de bons soldats ;
Outre cet avantage,
Elle a d'excellens magistrats,
A qui je rends hommage ;
Possédant encor
L'important trésor
Qui rend le peuple aimable ;
Son affection
Pour Napoléon,
Paraît inexprimable.

Je vois de ma muse la sœur
Qui crayonne l'histoire,
Et qui place notre Empereur
Au temple de mémoire;
Là déifié,
Et qualifié
Du nom le plus sublime,
Pour que l'avenir
Ait le souvenir
D'un Prince magnanime.

Tout poète a droit de vanter
Un Prince incomparable,
Et peut dire, sans le flatter,
Qu'il est le plus louable;
Ce noble projet
Convient au sujet
Dont la muse discrète,
Le pousse ardemment
A dire uniment
Ce qu'il faut qu'on repète.

Vive notre auguste Empereur,
Dont le mâle courage
Chassa de la France l'erreur,
Et des méchans la rage;
Son amour pour nous
Le rend juste et doux,
Mais des raisons l'obligent
A bien soutenir
Ce que l'avenir
Et le présent exigent.

Si nos aïeux eurent des rois
D'éternelle mémoire,
Dont on vante les grands exploits
En honneur de leur gloire;
Ne peux-je pas bien
Affirmer combien
NAPOLÉON surpasse,
Par ses hauts talens,
Tant de rois vaillans
Que l'histoire retrace.

En dépit de nos ennemis,
NAPOLÉON ne pense
Qu'à faire ce qu'il a promis,
Pour le bien de la France;
Et pour notre honneur,
Et notre bonheur,
Il s'occupe sans cesse
Des plus grands objets,
Et fait des projets
Pour que la guerre cesse.

Avant peu nous verrons finir
Cette si longue guerre,
Qui pourra faire repentir
Les riches d'Angleterre;
Car NAPOLÉON
Veut, avec raison,
Que sur mer tout y passe:
Prions tous les jours
Qu'il vive toujours,
En nous laissant sa race.

Maintenant je reprends le fil,
Du rapport véridique,
Qui dit que l'homme devient vil,
Dès qu'il est fanatique;
Encore bien plus,
Quand pour des écus
L'honneur et le mérite
Ne comptent pour rien,
Pourvu que le bien
Chez lui le facilite.

Quand on regarde fixement
De l'homme la figure,
On aperçoit distinctement
L'orgueil et l'imposture;
Et si sur son front
L'on remarque à fond,
On y trouve le signe
De tous ses méfaits,
Et de ses forfaits,
Que son âge désigne.

Voyez pour témoin ce vieillard,
Qu'un reste encore agite,
En cachette c'est un paillard,
Au jour un hypocrite;
Il parle du temps
De ses jeunes ans,
Et vante sa jeunesse :
Lorsque ce barbon
Ne fut qu'un fripon,
Sans mœurs et sans sagesse.

S'il fallait suivre pas à pas
Les hommes qu'on croit sages,
Ma foi je ne finirais pas,
Même dans mille pages;
Soit pour présenter,
Ou pour rapporter,
Les crimes et les vices
De ces malheureux,
Bien plus dangereux
Que tous les maléfices.

J'en reviens au sexe charmant
Qui produit notre espèce,
Et qui mérite assurément
Toute notre tendresse;
Soit par sa beauté,
Son aménité
Et son amour sincère,
Que le créateur,
En formant son cœur,
Lui donna pour nous plaire.

N'est-il pas tout-à-fait honteux
D'employer l'épigramme,
Ou quelques vers assez heureux
Pour insulter la femme?
Tandis qu'en secret,
Le plus indiscret,
Des hommes sur la terre,
Adore à genoux,
Ce sexe si doux,
Fait pour qu'on le révère.

Pourquoi l'homme ne veut-il pas,
Même à son préjudice,
Respecter les plus beaux appas,
Et se rendre justice?
C'est comme j'ai dit,
Parce qu'en dépit
De tout ce qui l'engage,
Il perd la raison,
En toute saison,
Je veux dire à tout âge.

La femme moins forte que lui,
Mais beaucoup plus aimable,
Est toujours le meilleur appui
De cet être blâmable,
Qui change souvent,
Comme fait le vent
Dans un temps de tourmente:
Voulant quelquefois
Avoir tous les mois
Une nouvelle amante.

La femme est pour l'homme un trésor,
Quand il est raisonnable,
Et sans mentir, je dis encor
Qu'elle est inestimable;
Mais quand, par malheur,
Quelqu'un a l'honneur
D'être pour elle honnête,
Alors s'en est fait,
L'époux c'en défait,
Ou bien il la maltraite.

Delà vient que certains auteurs
Fort enclins à médire,
Se servent de sales couleurs
Pour faire une satire,
Où l'événement,
D'un égarement,
Qui n'est qu'une vétille,
Paraît par leur art
Un trait de pendard,
Qui trahit sa famille.

La femme devrait moins souffrir
De l'homme l'insolence,
Et ferait bien de le punir
De son impertinence;
Mais son amitié
Fait que la pitié
La rend souvent trop bonne:
Loin de se venger,
Pour le corriger,
Toujours elle pardonne.

Comment peut-on si mal juger,
Diront les gens frivoles?
Est-ce pour nous faire enrager
Qu'on vante tant de folles,
Qui font les doux yeux
Aux hommes joyeux,
Et cherchent leurs caresses;
Trompant, sans égard,
Leurs maris à part,
Comme autant de drôlesses?

Je conviendrai, puisqu'il le faut,
Qu'on trouve des profanes,
Et des femmes dont le défaut
Est d'être courtisanes;
Mais hors du total,
Du nombre fatal
De ces voluptueuses,
Nous en trouverons,
Nous en compterons,
Bien plus de vertueuses.

Quand la femme se conduit mal,
Comme je le suppose,
Et qu'elle a l'esprit déloyal,
L'homme seul en est cause;
Soit par sa fierté,
Sa brutalité,
Ou sa mauvaise tête:
Voilà le motif
Qui le rend fautif,
Et sa femme coquette.

Pour dire qu'une femme a tort,
Quand elle est infidelle,
Je crois qu'il faut savoir d'abord
Si l'homme l'est comme elle;
Car qui sait en soi
La raison pourquoi
L'homme a le privilége
D'avoir, comme époux,
Certains rendez-vous
Que le vice protége.

Si les hommes se souciaient
Beaucoup plus de leurs femmes,
Si les mêmes appréciaient
Le mérite des dames;
Alors les maris
Seraient tous chéris,
Exempts de tout outrage:
L'on ne verrait plus
Ces vilains abus
Qui souillent un ménage.

Si j'ai dit de vous tant de bien,
O femmes adorables!
C'est parce que je sais combien
Vous êtes estimables;
Je voudrais avoir
Le divin pouvoir
De vous rendre immortelles,
Pour qu'à l'avenir,
Sans jamais vieillir,
Vous fussiez toujours belles.

Si ce pouvoir m'était donné,
Par grâce irrévocable,
L'homme juste et passionné
Serait invulnérable;
Mais, hors de ce cas,
Il ne serait pas
Fortuné sur la terre:
Toujours malheureux,
En devenant vieux,
Il mourrait de misère.

Si je fais des vœux vainement,
Au moins je suis sincère,
En déclarant publiquement
Ce que je voudrais faire;
Mais puisque le sort
Veut que j'aye tort
D'exiger l'impossible,
Je demande à Dieu
Que l'homme, en tout lieu,
Soit moins répréhensible,

Je crois que mon rapport fera
Plaisir aux gens honnêtes,
Et que le même changera
Bien de mauvaises têtes;
Partez donc, mes vers,
Courez l'univers,
Passez de bouche en bouche,
Et tâchez, sur-tout,
D'avilir par tout
L'homme fier et farouche.

SECONDE

CONVERSATION

AVEC LE MÊME VIEILLARD,

Qui me détermina à faire imprimer mon rapport, fait d'après notre première entrevue.

Le grand jour indiqué pour lire mon ouvrage,
Le vieillard m'attendait assis sous un feuillage,
Bien près de la fontaine, où peu de jours avant
Je l'avais reconnu pour un homme savant.
Je redoublai mes pas, mais je fus hors d'haleine
Quand j'arrivai suant près de cette fontaine.
Là, me voyant sortir de ma poche un mouchoir,
Ha! dit-il, vous voilà? Bon, venez vous asseoir :
Comment vous portez-vous? Très-bien... J'en suis
bien aise;
Vous me faites plaisir, mettez-vous à votre aise;
Gardez votre chapeau, mais quittez votre habit :
Agissez sans façon, la raison le prescrit.
La fraîcheur de ce lieu me paraît agréable,
Mais Phébus aujourd'hui devient insupportable.
Vous avez trop couru pour arriver bientôt,
Et voilà ce qui fait que vous avez si chaud :
Respirez le bon air, nous n'avons rien qui presse,
Nous avons tout le temps de lire votre pièce.
Nos complimens finis, nous convînmes enfin
Que je lirais moi seul le tout jusqu'à la fin,

Et pour le contenter, de lui je me mis proche,
Après que j'eus sorti le rapport de ma poche.
Dès qu'il eut entendu mon avertissement,
Il me donna d'abord son applaudissement;
Puis tout à coup il dit : N'auriez-vous pas pu dire,
Au cinquième couplet, tous les gens qu'on admire?
Il me semble vraiment que ce mot positif
N'est pas toujours compris pour un nom substantif.
On dit, c'est un brave homme, une brave personne,
Parlant au singulier la phrase devient bonne;
Je peux bien m'éblouir, et peut-être avoir tort,
Mais laissons le mot *brave*, et voyons le rapport.
Nous rîmes un moment de sa pointillerie,
Mais le tout se passa bientôt en raillerie.
Je repris mon rapport que je lus posément,
Et lui de son côté m'écouta prudemment.
Pendant que je lisais il n'osa rien me dire,
Mais quand j'eus terminé; bon, dit-il, je respire!
Vous m'avez bien compris; mais un petit moment,
Je vais, sans trop parler, dire mon sentiment
Sur différens défauts que vous faites paraître
Dans l'homme vicieux pour le faire connaître.
Vous n'écrivez pas mal, ce rapport est nouveau;
Vous m'avez fait plaisir de relancer Boileau,
De blâmer les méchans, de soutenir les femmes,
Et de montrer au doigt tous les hommes infames.
J'admire, en vérité, l'arrogance et le ton
De celui qui se dit sage comme un Caton :
Vous avez bien trouvé, par le sens de la rime,
Le moyen d'avilir tout homme qui s'estime.
Ce Boileau vertueux, cet homme sans égal,
Vous en remercîrait par un beau madrigal;

Mais malheureusement il est comme Joconde,
Je veux dire, mon cher, qu'il n'est plus de ce
monde,
Qu'il est au rang des morts depuis plus de cent ans,
D'après ce qu'on en dit dans différens romans,
Qui prouvent qu'il mourut sans penser à médire,
Et qu'à sa mort personne osa pleurer ni rire.
Ici le fin vieillard, ne cessant de parler,
Me dit bien froidement, qui vous a pu souffler
Tant de venin sur l'homme entré dans le grand
âge,
Et qui copie au jour le pieux et le sage ?
Et qui vous a conduit à dire par vos vers,
Qu'un sot qui se croit grand n'est rien dans l'uni-
vers ?
Ce sont des vérités qu'il ne fallait pas dire,
Sur-tout quand on sait bien qu'on ne doit pas médire :
Comme dans cet endroit où vous représentez
Ces hommes ignorans et toujours entêtés,
Qui croient comme des fous à la métempsycose,
Ou qui croient sans raison à tout ce qu'on suppose.
Vous répétez ici ce que nous dit Boileau,
Quand des Egyptiens il en fit un tableau
Qui choque tous les yeux, tant il paraît bizarre ;
Aussi-bien que celui d'un magistrat avare,
Qui pour mieux épargner pendant les plus grands
froids,
Fermait à cadenas son charbon et son bois ;
L'été comme l'hiver il poussait la lésine
Jusqu'à ne pas vouloir du feu dans sa cuisine :
Sa femme, nous dit-il, avare davantage,
Volait, pour ménager, le pain du voisinage ;

Ne portant pour habits que de vilains haillons,
Qu'elle rapetassait de sales guenillons.
Le tableau qu'il nous fait de ces deux personnages,
Prouve suffisamment ce que sont ses ouvrages :
Et vous qui relevez les bêtises d'autrui,
Vous faites, je le vois, approchant comme lui ;
Vous dites durement ce que chacun pratique,
Mais vous poussez trop loin la glose et la critique.
Vous frappez, dites-vous, les hommes vicieux,
Mais vous les insultez en les rendant hideux :
Tous vos vers sont mordans, et paraissent atteindre
L'homme sage et pieux qui ne sut jamais feindre.
N'est-ce pas maltraiter un peu trop son prochain,
Comme faisait Boileau dans son plus noir chagrin,
Qui pour se faire voir savant dans sa doctrine,
Appelait assassin un docte en médecine ?
Ne soyez pas surpris de ma correction
Envers les écrivains qui, par dérision,
Se moquent méchamment d'un peuple plus qu'impie,
Qui force des mortels à prier une pie
Ou d'autres animaux, en tous temps, en tous lieux,
Pour avoir les bienfaits d'un grand nombre de dieux.
Vous deviez faire chut, sur la fausse croyance,
Et ne point vous mêler des faits de conscience.
De tout temps les humains, faute de jugement,
N'eurent jamais entr'eux le même sentiment ;
Ce qui fait qu'aujourd'hui, tous autant que nous sommes,
Nous ridiculisons ce que firent les hommes
Dans ces temps reculés où Rome massacrait
Des milliers d'hommes saints d'après un seul décret :

Et

Et si nous remontions plus avant dans le monde,
Ne trouverions-nous pas une source féconde
De peuples sans pitié, enclins aux attentats,
S'égorger pour des riens dans leurs propres états,
Tel que nous l'avons vu n'aguère dans la France;
Mais oublions nos maux sans en tirer vengeance.
Nous blâmons quelquefois les sottises d'autrui,
Et nous les copions un moment après lui :
Ce qui se fit hier pourra se faire encore,
En dépit du bon sens qui veut que l'on s'honore.
Tels sont tous les humains depuis le roi Priam,
Et même, si l'on veut, depuis le père Adam.
Toujours envenimés de cette jalousie,
Qui se cache toujours sous l'humble hypocrisie;
Mais on peut espérer qu'on ne verra jamais
Les hommes aussi durs, ni même si mauvais,
Qu'ils l'étaient autrefois dans ces temps d'ignorance,
Où la rage naissait aussitôt que l'enfance.
L'histoire de ces temps nous rapporte des faits
Qui font frémir d'horreur, en lisant les forfaits
De cent peuples divers accoutumés aux crimes,
Immolant à leurs dieux des enfans pour victimes.
Ces êtres nés brutaux se battaient en bretteurs,
Ou s'égorgeaient entr'eux pour plaire aux spectateurs;
La force l'emportait, et devenait prospère
A celui dont le bras tuait son adversaire,
Et leur religion qui, féconde en grands mots,
En faisait des bourreaux plutôt que des dévots;
Ces hommes odieux et grandement atroces,
Etaient tous plus cruels que les bêtes féroces.

Lisez les actions des plus anciens Romains,
Vous verrez d'un clin-d'œil qu'ils étaient inhumains:
Chez eux point de repos; l'état toujours en guerre,
Se faisait une loi de dépeupler la terre.
Furieux en tout temps, sur-tout contre les rois,
Il les foudroya tous et les Carthaginois.
On peut désapprouver ces hommes sanguinaires
Qui croyaient aux vertus de leurs dieux tutélaires,
Tous leurs faux jugemens sur la religion,
En improuvant aussi leur grande ambition;
Mais non les monumens qui prouvent leur génie;
C'est assez les blâmer de leur théogonie.
Je vais présentement vous faire convenir
Que vous avez bien tort de vouloir avilir
Tant d'hommes éclairés, qui pourraient vous répondre,
En prose ou bien en vers, s'ils voulaient vous confondre.
Vous dites, en raillant, qu'un homme vicieux
Condamne son prochain pour mériter les cieux:
Chacun n'a-t-il pas droit de croire ou ne pas croire
Ce qu'il voit en lisant dans un ancien grimoire?
Réfléchissez un peu, sur-tout à ce couplet,
Où vous dites si bien que l'homme est imparfait;
Et dans celui qui dit: les hommes misérables,
Passent après leur mort dans les griffes des diables.
Qui lira vos écrits sans indignation,
En voyant, par vos vers, sa condamnation?
Mais vous, que serez-vous si vous damnez les autres,
Croyez-vous de jouir du bonheur des apôtres?
Vous nous dites aussi, d'un ton comme absolu,
Qu'un mort bien révéré, ne fut qu'un dissolu,

Ou bien un faux dévot qui contrefit le sage,
Et qui cachait un gueux sous un humble visage.
Eh ! que vous font les morts ? je dis ni mal ni bien :
Croyez-moi, laissez-les, soyez meilleur chrétien ;
Si vous voulez passer pour parfait honnête homme,
Ne plaisantez jamais un mort que l'on renomme.
Les morts sont si bien morts, qu'ils ne peuvent sortir
De leur triste séjour pour vous faire mentir.
Loin de vous approuver, je veux vous contredire,
Pour que vous appreniez à beaucoup mieux écrire,
A parler prudemment de vos concitoyens,
Et pour laisser en paix les Turcs et les Païens.
Ah ! si vous faites voir votre ouvrage ironique,
Vous sentirez bien mieux l'effet de la critique :
Les moindres prosateurs enclins à griffonner,
Vont par des mots mordans vous faire frissonner ;
Ils diront plus que vous, et sans vouloir se taire,
Ils vont tous vous traiter comme on traita Voltaire,
De damné, d'apostat et sans religion,
Ne faisant que du mal par obstination.
Quel honneur aurez-vous après cette querelle,
Si ce rapport est pris pour un méchant libelle ?
La critique, à coup sûr, vous fera repentir :
Prenez bien garde à vous, ce moment peut venir ;
Vous critiquez trop fort pour qu'on vous fasse grâce.
Les censeurs chez Geoffroy (1), pour peu qu'on les agace,

---

(1) Les rédacteurs du journal de l'Empire.

Se servent assez bien de l'esprit de Boileau
Pour prôner ou blâmer un livre tout nouveau ;
Et souvent ces censeurs, par des traits de satire,
Accablent l'ignorant qui veut se faire lire.
Attendez votre tour pour arriver au port,
Mais pour parer l'écueil brûlez votre rapport :
Ce conseil peut servir, faites-en bon usage,
Pensez en ce moment comme pense le sage.
Chacun peut se tromper, et même trop souvent,
Tel qui croit comme vous de passer pour savant ;
La sotte illusion qu'il se fait en lui-même,
Lui fait souvent penser qu'il peut faire un poème.
Par vos vers mordicans je vous crois vicieux,
Pour dire tant de mal et du jeune et du vieux ;
La malice s'y voit, et j'ose vous le dire,
Que tout dans ce rapport ne pourra que vous nuire.
Qui vous a pu porter à dire méchamment
Tant de choses sur l'homme avec acharnement ?
Rien ne peut vous blesser sur tout ce qui l'enivre,
Eh ! pourquoi voulez-vous lui montrer à mieux vivre ?
Que vous importe aussi que l'homme sans raison
Batte sa chère épouse en sa propre maison ?
Vous espérez, sans doute, obtenir une palme,
En voulant qu'un mari demeure toujours calme ?
Mais vous vous abusez, prenez d'autres chemins
Pour obtenir le prix qu'on nous met dans les mains,
Suivant la volonté de l'Empereur lui-même,
Qui nous fait ce présent pour prouver qu'il nous aime,
Quand par un bon travail nous l'avons mérité,
Et qu'il devient utile à la société.

Il faut, quand on écrit, réfléchir pour bien dire,
Bien marquer tous les mots pour qu'on puisse les lire,
Et faire attention au précepte qui dit :
Qu'il faut du jugement accompagné d'esprit;
Mais vous, sans vous guider sur aucune maxime,
Vous composez en vers seulement pour la rime,
Vous parlez du prochain à tort et de travers,
Et vous voulez montrer vos misérables vers.
N'allez pas, je vous dis, faire cette sottise,
Gardez-vous d'y songer, à moins que je le dise.
Ecoutez et suivez les conseils d'un ami;
La cigale une fois écouta la fourmi,
Malgré son avarice et sa réponse austère,
La cigale avait tort et sut fort bien se taire.

De nouveau je reviens à ce maudit rapport,
Qui m'attaque en personne et qui m'outrage fort;
Je vois qu'avec aigreur vous lâchez votre bile
Sur l'homme de raison comme sur l'imbécille,
Et que vous gourmandez Juvénal et Boileau;
Croyez-vous bonnement que tout cela soit beau?
Je vous approuverais pour ces deux satiriques,
Mais pour les autres, non; vos vers sont trop caustiques.

D'après ce que je vois vous savez bafouer,
Mais vous ne savez pas ce que c'est que louer :
Chacun a son talent, en vers ou bien en prose,
En peinture, en musique, ou pour tout autre chose,
Et c'est pourquoi je dis que tout votre rapport
Ne prouve absolument que malice et transport;
Et s'il faut l'estimer suivant ce qu'il mérite,
Je dis qu'il ne vaut rien, tant le même m'irrite.

Je ne vous frappe pas, mais je vous ferai voir
Que quand on doit louer il faut un grand savoir :
Vous dites par vos vers des choses remarquables,
En vantant l'Empereur sur des faits véritables ;
Vous nous le démontrez comme libérateur
De tous les braves gens qui l'aiment de bon cœur :
Rien de plus naturel dans ce que vous en dites,
Mais l'Empereur, enfin, a bien d'autres mérites !
Vous ne nous parlez pas de ses faits apparens,
Que ne firent jamais ces fameux conquérans,
Dont les noms en tous lieux, dans les bibliothèques,
Sont bien plus recherchés que les noms des évêques.
Vous souvient-il du jour des cent coups du canon,
Qui nous fit tous crier : Vive Napoléon !
Et son épouse aussi, mère du Roi de Rome,
Annoncé par ce son jusque dans son royaume :
De ce roi si chéri par tous les bons Français,
Et né fort à propos pour nos heureux succès ?
Le peuple en fut joyeux, et sur-tout dans Lutèce,
Il compta ce beau jour pour un jour d'alégresse.
Que signifie en vous ce silence affecté,
N'êtes-vous pas content de la félicité
Qu'éprouvent les Français, par l'heureuse naissance
D'un Prince qui fera le bonheur de la France,
Pour demeurer muet en composant des vers,
A qui vous ordonnez d'instruire l'univers ?
Vous faites des couplets pour vous montrer habile,
Et vous ne savez pas ennoblir votre style ;
Vous cherchez à louer le grand Napoléon,
Mais ce style si plat prononce son beau nom
D'une manière faible et tant embarrassée,
Que sa gloire par vous en est comme effacée.

Croyez-vous qu'en disant : vive notre Empereur !
Qni chassa de la France et le crime et l'erreur,
Vous ayez prononcé quelque chose d'étrange,
Pour que je dise ici que c'est une louange ?
Non, ce n'est pas assez de vanter ce héros,
Il fallait avant tout mieux épurer vos mots ;
Peindre les grands combats où sa valeur si rare
Etonne l'ennemi qui fuit et qui s'égare :
Ou faire agir les Dieux et non l'esprit humain,
Pour louer noblement un si grand souverain !
Par quelques mots fleuris vous croyez de lui plaire,
Parlez comme *Fontane* ou tâchez de vous taire.
Ici le dur vieillard cessa de me parler,
Et parut se mouvoir pour vîte s'en aller ;
Mais moi qui le retins pour pouvoir me défendre,
Je lui dis fièrement, il s'agit de m'entendre :
J'ai pour vous tout égard, malgré votre courroux,
J'admire votre esprit et j'en suis fort jaloux ;
Mais mon profond respect pourra-t-il me suffire
Pour me justifier et pour pouvoir vous dire,
Sans blesser votre honneur ni votre jugement,
Que vous n'avez pas lu mon avertissement ?
Tenez, voyez, lisez, et considérez comme
Je m'abstiens d'insulter le juste et l'honnête homme :
Ne dis-je pas à ceux qui pensent comme vous
De ne point, sans motif, m'accabler de leurs coups,
En les avertissant que si j'aime les femmes,
Je déteste comme eux tous les hommes infames,
Et les individus qui, par le péculat,
S'engraissent tous les jours des deniers de l'état,
Tous les méchans esprits que vous blâmez vous-même,
Qui cachent leur noirceur sous un visage blême,

Et tous les insensés, dont l'acte criminel
Bouleversa le trône en renversant l'autel ?
Vous paraissez outré comme un homme en colère,
Qui se pique de rien, tant sa bile est amère;
Avant d'avoir pour moi tant de ressentiment,
Observez de nouveau cet avertissement.
Eh bien! qu'en dites-vous? N'est-ce pas plus qu'à tort
Que vous m'humiliez et me blâmez si fort ?
Lisez bien cette fois, et remarquez vous-même
Que l'art de décrier n'est pas celui que j'aime.
Le vieillard confondu convint qu'il avait tort,
Et remit dans ma main tristement le rapport :
Puis comme embarrassé pour pouvoir se défendre,
Il me dit plusieurs mots que je ne pus comprendre;
Mais bientôt revenu de sa confusion,
Il dit : je suis coupable, et vous avez raison.
Excusez mon erreur, j'ai cru que sur mon âge
Vous vouliez m'affliger ou me faire un outrage;
Mais voyant que j'ai tort, veuillez me pardonner
Cette si lourde erreur qui m'a fait soupçonner,
Et tout ce que j'ai dit, sans motif légitime,
Pour vous humilier et ternir votre estime.
J'ai tort, je me repens; et dans cet abandon
Je n'oserai parler si je n'ai mon pardon,
Tant je suis pénétré de mon impertinence,
De mon emportement et de mon insolence.
Je vous pardonne tout, respectable vieillard,
Mais à condition que vous serez gaillard,
Lui dis-je honnêtement, pour vous prouver que j'aime
L'alégresse et la paix, qui sont le bien suprême

De deux hommes d'honneur qui peuvent concourir
A se faire du bien sans jamais se haïr.
A ces mots le vieillard fit un petit sourire,
Mais ses yeux humectés m'empêchèrent de rire;
Cet homme, repentant de ce qu'il m'avait dit,
Paraissait tout confus, et moi tout interdit:
Nous étions affligés dans cette circonstance,
Nous pleurions tous les deux en gardant le silence:
Enfin je me levai pour lui tendre la main,
Il se leva de suite et m'embrassa soudain:
Je ne peux exprimer, dit-il, ami louable,
Le plaisir que j'éprouve en n'étant plus coupable;
Vous m'avez pardonné, vous m'avez même absous,
Je saurai faire cas d'un homme tel que vous:
Je connais votre cœur, vos sentimens sont nobles;
Frappez, vous faites bien, tous les hommes ignobles.
J'approuve ce rapport, et je veux l'appuyer;
La franchise s'y voit, on doit l'apprécier:
Vos vers, quoique petits, feront quelquefois dire,
A plusieurs hommes francs, quelque chose pour rire.
La fin vous fait honneur; j'entends avec plaisir
Que les belles devraient ni s'user ni mourir,
Et que l'homme amoureux, mais toujours équitable,
Si vous étiez divin serait invulnérable:
Ce sont là des souhaits très-bien imaginés;
Ils seront applaudis par les hommes bien nés,
Qui comme vous et moi regardent comme infames
Tous ceux qui sans raison veulent noircir les femmes,
Ou bien les décrier par de méchans écrits,
Pour les faire passer toutes pour des Laïs.
Les dames, on le sait, méritent qu'on les loue,
Qu'on en dise du bien et non qu'on les bafoue.

Vous avez commencé par mon premier récit ;
Vous pouvez bien finir par tout ce qui s'est dit ;
Et l'amour de blâmer, chez le plus fin critique,
Ne pourra désormais rien dire qui vous pique.

Je m'en vais, il est tard ; adieu, portez-vous bien,
Nous pourrons nous revoir : vivez en bon chrétien.

AVANT-PROPOS

DE LA

CONCLUSION SUIVANTE.

A peine eus-je fini de penser et d'écrire
La conversation que je viens de produire,
Que je me ressouvins d'un troisième récit,
Qui prouve que Boileau ne sait pas ce qu'il dit,
Quand il veut nous placer au-dessous de la bête,
Et qu'il se compromet sans que rien ne l'arrête;
L'affront qu'il nous a fait en nous satirisant,
Prouve assez qu'il était moins vrai que médisant,
Un poète moqueur et pénible à décrire,
Tant il fut pointilleux, mais pourtant qu'on admire.

Cependant l'on verra par différens rapports,
Si Boileau dit du bien des vivans et des morts,
S'il eût cette vertu de conduire sa plume
Pour parler du prochain sans aucune amertume,
S'il était ce qu'il dit, en parlant à ses vers,
Et ce qu'ont répété tant de flatteurs divers;
Voilà le seul procès ou la grande dispute:
Il s'agit de juger si l'homme est une brute,

Et si quelqu'un a droit de nous mettre au niveau
Des êtres sans raison, comme l'a fait Boileau.
Ce sera le sujet de ma conclusion ;
J'en préviens le lecteur, qu'il fasse attention
A tout ce qu'on dira pour parer cette insulte,
Qu'il fit pour nous ternir sans craindre le tumulte,
Sans même appréhender la haine des humains,
Et sur-tout les lazzis des meilleurs écrivains
Qui vivaient dans le temps qu'il fit cette satire,
Qu'aujourd'hui nous devons tout-à-fait contredire.

CONCLUSION

OU

INSULTE POUR INSULTE.

AMI, défendez-nous, il est temps de tout dire,
Il faut que vous matiez qui se plaît à médire ;
Confondez ce superbe et bizarre écrivain,
Dont le nom est contraire à celui de Boivin :
Chacun le connaîtra sans besoin qu'on le nomme,
Et vous dira, bravo ! vengez la femme et l'homme ;
Démentez cet auteur, moins juste que malin,
Qui fit tout ce qu'il put pour berner Chapelain :
Méprisant par orgueil un poète à sa mine,
Il l'envoyait gueuser de cuisine en cuisine ;
Ne trouvant rien de bon dans les vers de Quinault,
Il dédaignait aussi la prose de Pérault :
Attaquant les rimeurs qui tâchaient de bien dire,
D'abord il les choquait par un trait de satire :
Ce maître goguenard des plus faibles auteurs,
Vendait souvent leurs noms à tous les acheteurs ;
Il blâmait tout en eux, et par pure malice
Il leur portait souvent le plus grand préjudice ;
Il prisait leurs écrits sans les apprécier,
Et disait, en rimant, bon pour un épicier ;
Ou par dérision ce poète caustique
Les envoyait moisir au fond d'une boutique.
  Que n'a-t-il pas rêvé pour décrier Cotin,
Qui prêchait dans Paris le soir ou le matin ?

Cet abbé plusieurs fois, en étant dans la chaire,
Tonnait sur le péché pour frapper le vulgaire;
Et pour le prévenir ou lui faire entrevoir,
Les peines des damnés dans le lieu le plus noir:
Alors tout effrayé, le plus dur hérétique
Profitait des leçons de l'ecclésiastique,
Pour éviter l'enfer où vont tous les mortels,
Qui pour un seul péché se trouvent criminels;
Voilà ce que faisait cet abbé plein de zèle,
Quand Boileau sans respect lui troublait la cervelle.

Vous entendrez aussi quelqu'un qui vous dira:
Si vous matez Boileau chacun vous aidera;
Ce poète arrogant, d'une insolence extrême,
Ne respectait en nous ni raison ni baptême;
Nous prenant pour des sots, quelquefois pour des fous,
Et des bêtes enfin, il nous mit au-dessous.

Un autre vous dira: ma femme vous en prie,
Dites que Despréaux eut trop d'effronterie;
Qu'il parlait en faquin des dames de son temps,
Comme parlent toujours les plus abjectes gens.

Et cet autre, en courroux par raison légitime,
Dira: c'est étonnant qu'on souffre qu'on imprime
Deux satires qui font aux humains déshonneur,
Et qui devraient pourrir ou doit pourrir l'auteur.

Enfin plusieurs diront: Boileau le satirique
Voulut porter si haut la mordante critique,
Que nous vous avouons que nous sommes surpris
Qu'on ne l'ait pas jeté dans la Seine à Paris.

Ces dépositions que vous venez d'entendre,
Sont toutes contre lui, rien ne peut le défendre;

Il a tort, on le dit : la raison nous prévient
Que Boileau nous choqua, tout le monde en convient.
Vous pouvez maintenant, sans craindre de mal dire,
Noter ces vérités pour pouvoir les écrire :
Chacun vous jugera comme on juge un auteur,
Qui n'est ni médisant, ni fourbe, ni menteur ;
Dites-les, croyez-moi, faites agir la plume
Pour augmenter les vers que contient ce volume,
Me dit le bon vieillard que j'ai déjà cité,
Pour me servir tantôt d'interprète futé :
Reveillons, me dit-il, les hommes de tout âge,
Et sur-tout les époux contens du mariage ;
Que tous contre Boileau, condamnant son erreur,
Nous puissions pour le moins recouvrer notre honneur,
Et prouver clairement que l'homme est raisonnable,
Et non un animal à la bête semblable.
Repoussons l'insolent, qui dit que ses égaux
Sont beaucoup au-dessous des plus vils animaux ;
Et disons comme on dit, qu'il avait bien peu d'âme,
De parler si crûment des femmes hors de blâme.
Remarquez, dira-t-on, ce que plusieurs ont dit
De Boileau, pour prouver qu'il était érudit.
D'Alembert, avec art, pompeusement le loge
Au-dessus des savans, en en faisant l'éloge.
Eh ! que m'importe à moi qu'on en dise du bien,
Si ce docte me met au-dessous de mon chien,
De ces êtres nombreux qui paissent sur la terre,
Ou qui vivent dans l'eau ne pouvant pas mieux faire.

Si d'Alembert le veut, et souffre sans raison
Qu'il soit traité de sot, de bourrique ou d'oison;
Ma foi je ne peux pas demeurer en extase,
En m'entendant nommer grosse bête ou viéd'ase.
Faut-il dans ce bas monde où je passe mes jours,
Me croire un animal qui radote toujours,
Qui change à tout moment de vue et de caprices,
Et qui pratique enfin le plus sale des vices?
Non; jamais, je le dis, je ne serai d'accord
Avec un homme vain qui m'appelle butord,
Ou fou dans mes désirs comme un être sauvage,
Et lui s'approprier le beau surnom de sage.
Qu'on ne parle qu'en bien de cet original,
Quant à moi tous les jours j'en veux dire du mal,
M'exhaler par des mots que son orgueil excite;
Mais non pas comme lui, qui sans aucun mérite,
Se plaît à gourmander jusques aux médecins,
En les considérant comme des assassins;
Et pour les décrier en esprit satirique,
Il nous dit que leur art n'est que problématique.
Je dirai seulement ce que lui-même a dit,
En nous parlant d'un fat qui toujours s'applaudit,
Pour avoir fait des vers à son désavantage,
Que la raison dément et blâme davantage;
Il en est si joyeux, même si satisfait,
Qu'il se croit un phénix, et c'est l'âne qui brait.
N'est-ce pas là Boileau, qui sut si bien nous dire
Qu'un sot trouve toujours un plus sot qui l'admire!

FIN.

www.ingramcontent.com/pod-product-compliance
Ingram Content Group UK Ltd.
Pitfield, Milton Keynes, MK11 3LW, UK
UKHW020425230726
13925UKWH00004B/1604